名流詩叢
42

世界在燃燒

The world is burning

一切曲從
像風中的樹
一切曲從
正如真相的核心
歌為悲傷曲從
祈禱為雲彩曲從
死亡為烈士曲從
笑對恐懼曲從
我為這一切曲從
但是當我的家鄉曲從時
我斷啦

〔敘利亞〕蘇洛恪·哈茂德 (Shurouk Hammoud) ◎著
李魁賢 (Lee Kuei-shien) ◎譯

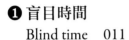

目次

❶ 盲目時間
Blind time

今天無新鮮事

滿版訃音報紙的小販

出生於地圖上被遺忘的

這些國家裡

自從出生以來

一直以正常心態相隨。

詩人仍然假裝有智慧，

免得辜負虛榮

卻還在預言生與死，

終止與皈依，

同時

暴君還是

一如往常作為

仍然把我們的夢想

與用我們肋骨所製笨蛋交配。

他們的劣質香菸

就像從嘴裡發出的火藥味

噴到我們孩子身上

不斷擴大到成為全國規模。

至於死者

仍然以在盲目時間

誕生的情人

之熱情

繼續復製。

❷ 世界在燃燒
The world is burning

螢幕上

我看見世界在燃燒

像貪婪壁爐裡的紙張

我聞到時間氣味和充滿

對輔音字母的

等待。

我看見孩子們老態

像沒人理的玩偶。

螢幕上

我看到牧師為監護人付出尊嚴

害怕鬍鬚被聖誡唾液鏽蝕。

螢幕上

我聞到寒冷氣味

像精通所有語言的火藥，

直到我變成啞巴

我的母性睡在墓石上。

螢幕上

我看到彩旗像棺材和赤足夢，

月亮變蒼白，

所以，路途不暢。

螢幕上

我看見世界在燃燒

因此，我撒自己的骨灰。

❸ 森林之女
The forests' daughter

在芬蘭

驚訝如情人初吻後中毒

憤怒如試圖無止盡的夜晚

深情如天空在傍晚時下雨

平靜如夾在書中遺忘的殘花

在芬蘭

白色如雲在備用十字架上祈禱……

因為我愛妳

翅膀在我肩膀上張開

幾乎可以飛行

因為我愛妳

把心切成兩半

一半給生我的國家

另一半給雪女……給妳

因為我看到神在妳身上

我的禱告變得更美

我的聲音開始出現溫暖

如心靈唇上的酒

因為我成為妳夜晚的朋友

森林之女呀！

我臉上展現新曙光……

親愛的芬蘭呀

真心見到妳

就會成為詩人

或是先知

❹ 愛他們
Love them

不愛妳的那些人，

把夜鋪在妳的天毯上

那麼，做為妳等待出發的一步

去調戲紫丁香

由花園加以繁殖。

不愛妳的人，

是暗淡月亮不會對妳的睫毛膏有興趣

所以他們不會哭、編造愛或等待。

不愛妳的人

咬住他們可運用的早晨嘴舌

怕有些早起的露珠接近妳

把妳叫醒。

不愛妳的人

淪為妳語言裡被遺忘的邊緣

不論有沒有他們

詩總會完成

那麼，愛他們

就當做是妳的某些瑕疵吧。

❺ 歌呀
O songs

歌呀

來與詩纏綣吧

我驚艷的愛人呀

忘掉你放在門前的梯子吧

那麼，語言就會赤足

升上天

❻ 復甦
Recovery

正當他們在慶祝新詩

高高講台像是歌劇音樂

我卻為沒來的客人

因心愛枕頭散落忐忑不安

在我結束等待時

生命復甦啦

❼ 我
Me

我只是心碎的女人

想知道你為什麼遺棄她

把你的影子遺忘在她手上

在所有與她握手的掌心

留下蒼白的顏色

我只是女人

試圖用詩

要在回天堂之前

熨平鹹澀心靈皺紋

❽ 似乎
If

像孤兒詩

像寡婦月亮

像無酒精葡萄酒

像緊張空氣

我的眼睛變成

對你

我的祖國呀

似乎沒有懷念

❾ 填字遊戲
Crosswords

步伐是道路的重心

*****

雲是詩人的帳篷

*****

心靈是利用身體包紮的傷口

*****

柵欄是詩的尼祿

*****

日落是太陽的虛脫狀態

*****

潮汐是猶豫的眼淚

*****

等待是愛情的鴉片

*****

亞當的心臟是夏娃的蘋果

*****

熱情是戀人的地圖

*****

愛情是意志的公開吸納

*****

夜是光生鏽

*****

寬容是上帝的第三隻眼睛

*****

戰爭是公共浴室

*****

唱歌是受到驚嚇的枕頭

*****

睡眠是悲傷的秋千

*****

戰爭是亞當的第二顆蘋果

*****

鳥是天空的粉絲

*****

時間是哭泣的曬衣繩

*****

慈悲是光明之肺

❿ 異議記事
Objection note

我責怪愛情

因為好像是梗在我喉嚨的東西

不讓我有哭泣的空間

我討厭悲痛

因為還沒行動之前

總在我內心自行展現

而且我討厭戰爭

因為偷走我的名字

⓫ 邀請
Invitation

我邀請自由來我家

由於興奮

也邀請到槍支

⑫ 背信
Infidelity

冬天裡

或者夜裡

向日葵更換神

⓭ 困惑
Confusion

淚水感到困惑

當被問到

這次你的父親是誰？！

❶❹ 致讀者
To a reader

不要從詩的指甲

拭去眼淚光澤

不要修剪眼中樹木

她本來如此

而她的愛人雲

就是愛她這個樣

⑮ 感謝
Thanks

感謝在我頭頂上

添加一些白髮的人

否則，我學不會如何著色

感謝在我皮膚內挖掘名字的死者

讓我學會如何生活

感謝我心再也無法適應的歌曲

雖然已經盈滿愛情

直到脹破

感謝吐氣離開我的天空

使我成為風

成為最終目的

感謝給我寫下這一切信息的人

讓我知道

他不能再跟我說話

我死在他心裡

像夾在書中的花

⑯ 她似乎沒看見
As if she did not see

我走在大馬士革街道上

看到人民醉醺醺卻沒喝酒

他們在深紅彩雲下跟蹌

我走入恐怖小巷

看到群鳥空腸憤怒對準槍

由於是唯一目擊者

無人報警

⑰ 慢些領悟
Late realization

像難纏的磁鐵

所有鐵芯都被我吸引

我像多用途舊餐巾

擦拭汗水、眼淚和灰塵。

挑逗情人心思的雨，

襲擊我空無一物的心靈

剩下等待，

像退休的拳手

用強拳炫耀。

那麼藉無可損失的人說句諷刺話；

我告訴你：

沒有東西可把我釘在這地球上

除了我的腳。

⓲ 和平呀
O peace

和我做愛吧

愛情是我靈感的詩。

像雨衣穿在我身上

雨是我希望叫喊的甜美眼淚。

當做世界所有玫瑰的香水淋我

世界是我心靈的花園

讓我活在天眼裡

像月亮一樣,

月亮是我的父親。

⑲ 你不需要什麼
You need nothing

你想成為天空

不需要什麼

只要有些母性懷抱

和無條件的光。

你想成為詩人

不需要什麼

只要有些文字片段

加上嘴巴

展露出笑容。

⓴ 愛蒞臨時
When love comes

愛蒞臨時

牆呼吸

窗張開翅膀

桌子升高

床灑不同香水

愛蒞臨時

鬧鐘窒息無聲

日曆紙像秋天落葉

神甦醒

在眼中跳舞

愛蒞臨時

㉑ 心靈光禿禿
Bald soul

因為我沒有辮子

你跟我談髮型之美

給我買女性彩色藝術雜誌

在我沒有辮子時

你要給我鏡子

照出我影像

或許因為我沒有辮子

才愛上心靈光禿禿的男人

㉒ 研究之旅
Research trip

我在彩色絢麗的包廂內

尋找白色的生活

而當我失去希望時

用淚水去買

㉓ 夏娃
Eve

我在城市裡是村民

到鄉村去是城市女兒

受到誘惑時，我是詩人

對詩人言，我是誘惑

對亞當，我是蘋果

對神，我是解救的毒藥

對地球，我是受害者

對天堂，我是暴君

對我而言，是上述全部

我就是夏娃

㉔ 孤寂
Loneliness

我不是梵谷

用大鹽刀

割自己耳朵

而且你也不夠高

足以當做背後災難理由

你聽到沒有？

孤寂呀！

㉕ 抱歉
Apology

我很忙

苦難

加重旗幟心靈負荷

想到眼淚

痛苦就夠我忙啦

㉖ 問題
Question

誰把烏鴉長袍披在你身上

你是天空唯一的藍鳥

我的祖國呀

讚美詩不流汗的地方

除了腋下

愈來愈寬大

為了接受和平

為了接收善意

㉗ 莫怪
No wonder

莫怪

當所有的話

成為心鏡上的灰塵

莫怪

天堂是多餘時

那麼我們還等什麼

當夜晚是夢想家的終曲

❷❽ 在我們死之前
Before we die

當時間把我們心靈送回來，

我們應該給治療傷口，

使用防皺乳霜

噴灑香水

避免我們暴露

我們應該給送回去

純潔如歌詠童貞

與我們接受時一般

免得我們付上帝

故障和損壞稅

那是需要另一種生活

才承擔得起

㉙ 我斷啦
I get broken

一切曲從

像風中的樹

一切曲從

正如真相的核心

歌為悲傷曲從

祈禱為雲彩曲從

死亡為烈士曲從

笑對恐懼曲從

我為這一切曲從

但是當我的家鄉曲從時

我斷啦

㉚ 復活
Resurrection

希望不確定是夢想

但我要訓練時間

在白皮書上

從悲傷庫存

避開荒謬

到達生命復活

㉛ 念珠
A rosary

你那時丟在垃圾桶裡的

不是白色餐巾紙

是你急切想要的蝴蝶。

你孩童時

丟在垃圾桶裡的

不是你破舊的玩偶

是女人的露珠

她在抱你時，愛的是她的胸花。

從此以後你丟棄的一切都無所謂

但念珠的珠粒

看來像你日常的形狀。

㉜ 為何，敍利亞人呀?!
Why, O Syrian?!

他們用我們的血液

用我們的鹹淚水

寫詩關懷我們在垂死掙扎

但沒有動手

甚至動用稻草

問過死者

是誰在地中海的海面

表演屠殺之舞

為何你還沒跟我商量就死掉？

敍利亞人呀！

❸❸ 詩的生活故事
Life story of poems

詩像蝴蝶停在萬物上

像溫柔的手放在陌生人肩上

像露珠在乾渴的花萼上

像鳥在心愛的樹胸上

像淚珠在白紙上

等待有人來為婚禮美化

詩停在萬物上

像心靈在我們肉體上

用生命包紮

❸❹ 自殺
Suicide

若耐心是無足輕重的文件夾

忍耐的可行性是什麼？

若等待墓地拓寬

希望的可行性是什麼？

若歌唱挑逗寒冷的荒謬

心聲的可行性是什麼？

若加重空氣負擔

呼吸的可行性是什麼？

㉟ 還活著
Still alive

在這裡

希望讓我失望

等待讓我失望

步伐和道路

風和雲彩

戰爭的呼吸讓我失望

每人每事都讓我失望

多到致使我還活著

就在這裡活著

㊱ 原罪
Sins

希望是夢想家的原罪

夢是烈士的原罪

鹽是眼淚的原罪

灰塵是健忘的原罪

後悔是我們的第二原罪

而你是黑咖啡的原罪

在我的紙上

誘惑呀！

㊲ 短情史
Short love story

你離開我時

所有的水都變鹹

四海都死寂

㊳ 暴君獨白
Monologue of tyrant

裸露如淚

憤慨如截肢器官的慾望

悲慘如單戀

盲目填塞如亂葬崗

孤獨如現成鏡窗

寒冷如廢屋的門檻

黑色如戰士鞋上血跡

唾液溢流如槍口

我輕鬆坐在椅上如暴君

跟你談論正義

㊴ 耳聾
Deafness

我對世界賦詩

遭受隔離的回報

我為他唱歌

回報以有如扯頭髮使我恐懼

我大叫

因為沒有什麼值得說啦

我閉嘴

因為大叫聲使我耳聾啦

㊵ 不要！
Do not !

不要觸碰我們的心
那是憤怒的地雷
不要埋沒我們的夢想
那是種籽
不要動搖我們的心靈
那是盈滿淚水
你討厭瀑布
有如恐懼製造的船
有如戰爭！

㊶ 孩童
Kids

天空吐出滿天火

孩童在玩遊戲

母親變成和平寡婦

孩童在玩遊戲

街道除掉台階的風味

孩童在玩遊戲

花園逃去糾纏秋天

孩童在玩遊戲

生活變成苦役雕像

孩童在玩遊戲

世界大戰發誓要數到三

孩童在玩遊戲

風藐視難民故事

孩童在玩遊戲

薛西弗斯推石成山

孩童在玩遊戲

他們不是滑稽球的球員

但痛苦是

❹ 自責的步伐
Steps of remorse

我倒退走

以自責的步伐訓練我的腳部肌肉

按照復健網站醫生的建議

我倒退走

意外碰見你

然後手攜手回到現在

❹❸ 我淡出
I fade

我淡出像膽怯的雨滴

太陽用手拍肩

我淡出像遭到孩童臭味的廢屋

我淡出像魚吞噬過去味道的回憶

我淡出像不再裝扮性感衣服的馥郁香水

我淡出像不再俯瞰的窗口

我淡出像寡婦眼裡忘記鹽份的淚水

我淡出像不流行的歌曲

我淡出像無人相信的天空

我淡出像即將結束的詩

悲傷依然年輕

㊹ 飢餓
Hunger

我正渴望

容納我歌曲飛揚的空間

顏色禍害停泊在我門口的孤獨

重整我呼吸的愛情

使我無法再掌握呼吸脈搏

渴望在被我初學無信心刪除之前

那種首度聞到信件的安全感。

渴望貪圖這種空虛的飢餓

令我回想到流放異國

懷著另一次等待。

㊹ 熱情呀
O passion

你是我在黑暗中看不到的影子，

即使你是我的月亮。

你是我的明星像寶貴獎牌掛在胸前。

你是我在讀過的書上所做註記

為了表示我的心靈停在那裡，

把我的心帶到變貌之門吧

熱情呀！

㊺ 過去持續中
Ongoing past

房子曾經是石頭

家以前是岩石

筆曾經是樹

我以前是鳥

唱歌吟頌遺忘身體濕透

還要懸在空中的生活

㊻ 清理我的聲音
I clean my voice

用情話綿綿

清理我的聲音

我逐一剪斷思慕的

指甲

用流出的紅血

塗我的嘴唇

散佈期待中的字母

加以前後排序

然後，以勝利歡笑蓋過那脆弱的噪音，

散佈的點很像我所討厭的粒粒念珠

用熱情的玫瑰清理我的聲音

那些玫瑰在書中

日趨死亡

我為此縮短途程

加以撕碎，在廢物眼中凋謝。

我的老友呀

用親吻、擁抱，用慾望

用由於思慕吞吞吐吐

切斷聲帶的一切清理我的聲音。

用情話綿綿清理我的聲音；

夜咬住我亞當的蘋果

把我變成啞巴。

❹❼ 告別
Farewells

告別以酒肉耕耘

將寒冷植入手指內

告別燃起眨眼

匆促像寡婦迷惘

告別是風

呼吸吹哨不拘特定季節

呼吸使心靈變聾

留下彗星裝

不得寧靜

告別是長春花

重複色彩毫無生趣

在我們回憶墓碑上暢快

告別是應時俗氣詩

洞孔阻塞的長笛

所以空氣中滿佈鹽份

告別不是什麼了不起的事

告別就是死亡

精通一切語言

㊽ 自從我成為長笛
Since I became a flute

自從我成為長笛

並且用尼古丁的血

染成葡萄酒

被惡意想像力舔盡,

我的歌聲常在恐懼時刻拯救我

變成鳥啪噠啪噠鼓翼折斷的翅膀

還好,自從我成為長笛

在兩死一亡之後

一心被城市空氣嘲弄之後

就被火藥吞噬

無所謂

自從我復活模擬先知

被兄弟們捨棄之後

受到陌生人手指緊握

直到我成為千萬孔長笛

直到我成為詩人

❹⁹ 邪惡天堂
Evil paradise

給我滿意的理由

說是居住的這個邪惡天堂

使我心生恐懼漆黑一片

我靈魂掛在牆上

毫無油漆能趨近心靈光環

拒絕與我拆散

壓制達到我的高峰

內心正在燃燒的東西

像是懷舊的紙張

給我要停留的理由

故鄉滿是胎兒

加以放逐吧

寒霜呀，用鋼矛統治我們

特洛伊睡到鼾聲大作

愛像花快速凋謝

宇宙有足夠的早晨

把我們的黑暗像地毯拖走

用雙手亮光擦拭我們的裸體嗎

給我寬心的答案

愛情呀

用諸神的箭瞄準我

我會再度復活

不然就乾脆死啦

㊿ 因為我知道你
Because I know you

因為我知道你

我知道你仍然跟著我

而講你語言的群鳥用我零亂的字彙調情,

以沾著懷舊鹽水的腳

奔向我悲傷的夜晚。

因為我知道你

我用秋色為你的記憶洗禮

你的殘酷在我的臉龐土壤裡成長。

因為我知道你

我讓你像鳥

飛走

不想讓你惦記我的麥子。

⑤ 你是誰?
Who are you?

我沒有邀你來見面

你是誰?

——我是妳保持半開的門,讓明天有出路

我是妳在讀到擁抱的詩時眼中閃現的光芒,

我是妳引述他用語的一句話,在辭窮時可以解救

妳強烈的悲傷,

我是妳不小心抓癢時,把指甲紅沾染到臉頰時發

　出的聲音,

我是妳在夢中砌造的牆,忘記掛上妳情人的名字,

　我是遺忘排除到妳生命以外的記憶

正如妳所愛的人人所為。

52 回來
Returning back

我聽到腳步聲

在他們心靈回來時，

詩回到純潔子宮時，

希望回到受壓迫哭泣時，

空氣回到風口時，

露水回到黎明熱烈時

我回到母親願望時。

㊾ 我的手提包
My handbag

我的手提包非常細心

有各種尺寸按鈕

應付突然破洞

有針和黑線

可縫心傷和衣服

空衛生袋可應付目前此地居民發生嘔吐情況

濕紙巾可擦拭虛擬碎紙機。

我的手提包毫無用處

鞋油可擦亮遠途蒙塵的鞋

手機載滿記不住的人名

我的劣質眼鏡

驗光師處方

藉口我頂多只能看到鼻子

紙菸和打火機來源錯開

乾燥花和詩的論文不相容

手帕倦於送別

而你還在問我為什麼背部受傷？

❺❹ 我不在這裡
I am no here

我不在這裡

聽不到你

有些喧鬧忘記結束我腦中的呼喚

開窗看夜間生鏽的桌子，

看還插在情人頸部的利刃，

看夜譜成等候曲調的棺材，

看失去主人的軍鞋，

看真空加重的背袋，

看瀰漫生命旅途中死亡者祈禱的海洋，

看那些嘲弄逝者的歌曲，

看扭緊黎明耳朵的天空，

看改名的房屋，

看顏色變混濁的旗幟

和沙塵飛揚遠離吵雜聲的路障　…

以激勵演講

卻無人留下來朗讀，

所以，請勿攪擾我的沉默。

我不與你同在

有些墳墓忘記我頭部內電話沒掛斷

卻把窗簾放下。

⓹⓹ 與敍利亞男子遺體對談
Interview with the remains of a Syrian man

空戰是怎麼回事？

——提供心碎、

　　鹽罐頭和香菸。

你死前在期待什麼？

——我在等待繪成夢中情人的黎明笑容。

你對樹說風會接納你時，樹夢見什麼？

——樹夢見跳舞

　　夢見許多不透露一言一語的事情。

在你白日夢中還有下雨的空間嗎？

——有，在我的夜夢中有；所以我懷有另一種疏

　　離感。

戰爭前後你一成不變嗎？

——沒有人從戰場空手而歸。

56 萬事都會好轉
Everything is going to be okay

萬事都會好轉

士兵永遠不會有記憶

房屋內部已淨空

孤兒不知道自己父母……

對，萬事都會好轉

記憶，

哭泣，

遺存的街道，

夜晚的座位，

心血管栓塞。

萬事都會好轉

像這陳舊的句子。

萬事都會好轉

只是荒蕪。

57 活著
Falling alive

我活著

像一把乾傘

風沒有折斷傘骨

大雪沒有打開

可以眺望天空的窗戶。

我陷入思念的井中

思念等待的熱情

乾掉井眼的水；

然後像海岸陽光

沈溺迷亂中

不被目擊者眼睛弄濕。

我醒來

像做惡夢的囚犯

在同樣荒謬中長命。

我活著

像喜歡在字眼中求生的詩人

然後像眼淚掉下來

空氣讓哭聲

倖存。

(58) 失足
A trip

以健忘的浪子腳步
穿越記憶的人行道時，
我想起你的臉
在責備我的長期童年，
那些原本因渴望而擴大的
臉上毛細孔被原罪阻塞
以致在我存心與直覺之間
有害怕可能搖擺的程度
我的直覺知道你
如小孩所知，看來像整人的糖果，
我心掉入你的脈搏坑洞
一天好幾千次。

❺❾ 我是詩人
I am a poet

是的，我是詩人

但是不喜歡看新聞

對政治認識不多

心引導我到達目的地

受壓迫者和長翅膀孤兒聚集處

然後我走向他們……

我或許是詩人

但不喜歡強收知識分子衣服當鞋子

弄髒剛剛清理過的寧靜地板

我是運氣不好的詩人

人們分辨不清我和樹木

那樹枝核心像光折射

所以他們都離開了

因為討厭在秋日聊天

⑥ 懷舊
Nostalgia

我們逃避戰爭

但每當我們舉步向前

眼睛無法逃避

他們回頭跑

好像我們是旗桿

而眼睛是旗幟

向痛苦致敬

(61) 沉默
Silence

我不擅長談話藝術
特別是主題涉及我的悲傷。
我的手指比嘴唇更誇張。
我用紙聊天更舒適
那白色耐性沉默
給我足夠口吃時間彌補。
我的悲傷類似眾神，有感卻看不見
一旦發現舒適空間時，群星不會注視到
眾神如燈光掉落到
等待中的土地上
守護雲影。

⑥ 最後願望
Last wish

我是竊取孤寂時刻的人

讓碎心人有機會跟我獨處，

讓我回想自己的往昔。

跛腳生命呀

我應得比你多

不僅僅是因為付出超出我的能力；

卻非常簡單，因為我不再期望任何東西

除了停靠在我自己水域中的錨。

詩人簡介
About the Poet

　　蘇洛恪・哈茂德（Shurouk Hammoud），1982年
出生，敘利亞女詩人，文學翻譯者，大馬士革大學藝
術學士、文本翻譯碩士。出版三本阿拉伯文詩集、一
本英文詩集《晚報》（The night papers），詩被選入
法國、塞爾維亞、荷蘭出版的多種詩選。巴勒斯坦作
家暨記者聯盟成員。那吉・納曼（Naji Naaman）國
際榮譽文化資料庫名譽會員。榮獲多項本國和國際詩
獎。2016年由西班牙文化機構西薩爾・艾吉多・塞拉

諾基金會（Cesar Egido Serrano）任命為文化大使，
2017年又由該機構任命為西班牙語大使。詩被譯成法
文、芬蘭文、德文、義大利文和英文等。以阿拉伯文
翻譯李魁賢詩集《黃昏時刻》、《存在或不存在》、
《兩弦》和《彫塑》。

譯者簡介

About the Translator

　　李魁賢，1937年生，1953年開始發表詩作，曾任台灣筆會會長，國家文化藝術基金會董事長。現任國際作家藝術家協會理事、世界詩人運動組織副會長、福爾摩莎國際詩歌節策畫。詩被譯成各種語文在日本、韓國、加拿大、紐西蘭、荷蘭、南斯拉夫、羅馬尼亞、印度、希臘、美國、西班牙、巴西、蒙古、俄羅斯、立陶宛、古巴、智利、尼加拉瓜、孟加拉、馬其頓、土耳其、波蘭、塞爾維亞、

葡萄牙、馬來西亞、義大利、墨西哥、摩洛哥等國發表。

　　出版著作包括《李魁賢詩集》全6冊、《李魁賢文集》全10冊、《李魁賢譯詩集》全8冊、翻譯《歐洲經典詩選》全25冊、《名流詩叢》42冊、回憶錄《人生拼圖》和《我的新世紀詩路》，及其他共二百餘本。英譯詩集有《愛是我的信仰》、《溫柔的美感》、《島與島之間》、《黃昏時刻》、《給智利的情詩20首》、《存在或不存在》、《彫塑詩集》、《感應》、《兩弦》和《日出日落》。詩集《黃昏時刻》被譯成英文、蒙古文、俄羅斯文、羅馬尼亞文、西班牙文、法文、韓文、孟加拉文、塞爾維亞文、阿爾巴

尼亞文、土耳其文、德文，以及有待出版的馬其頓、
阿拉伯文等。

　　曾獲吳濁流新詩獎、中山技術發明獎、中興文藝
獎章詩歌獎、比利時布魯塞爾市長金質獎章、笠詩評
論獎、美國愛因斯坦國際學術基金會和平銅牌獎、巫
永福評論獎、韓國亞洲詩人貢獻獎、笠詩創作獎、榮
後台灣詩獎、賴和文學獎、行政院文化獎、印度麥氏
學會詩人獎、台灣新文學貢獻獎、吳三連獎新詩獎、
台灣新文學貢獻獎、蒙古文化基金會文化名人獎牌和
詩人獎章、蒙古建國八百週年成吉思汗金牌、成吉思
汗大學金質獎章和蒙古作家聯盟推廣蒙古文學貢獻
獎、真理大學台灣文學家牛津獎、韓國高麗文學獎、

孟加拉卡塔克文學獎、馬其頓奈姆·弗拉謝里文學
獎、祕魯特里爾塞金獎和金幟獎、台灣國家文藝獎、
印度普立哲書商首席傑出詩獎、蒙特內哥羅（黑山）
共和國文學翻譯協會文學翻譯獎、塞爾維亞國際卓越
詩藝一級騎士獎。

語言文學類　PG2605　名流詩叢42

世界在燃燒

作　　者／蘇洛恪・哈茂德（Shurouk Hammoud）
譯　　者／李魁賢（Lee Kuei-shien）
責任編輯／楊岱晴
圖文排版／蔡忠翰
封面設計／蔡瑋筠

發 行 人／宋政坤
法律顧問／毛國樑　律師
出版發行／秀威資訊科技股份有限公司
　　　　　114台北市內湖區瑞光路76巷65號1樓
　　　　　電話：+886-2-2796-3638　傳真：+886-2-2796-1377
　　　　　http://www.showwe.com.tw
劃撥帳號／19563868　戶名：秀威資訊科技股份有限公司
　　　　　讀者服務信箱：service@showwe.com.tw
展售門市／國家書店（松江門市）
　　　　　104台北市中山區松江路209號1樓
　　　　　電話：+886-2-2518-0207　傳真：+886-2-2518-0778
網路訂購／秀威網路書店：https://store.showwe.tw
　　　　　國家網路書店：https://www.govbooks.com.tw

2021年7月　BOD一版
定價：220元
版權所有　翻印必究
本書如有缺頁、破損或裝訂錯誤，請寄回更換

讀者回函卡

國家圖書館出版品預行編目

世界在燃燒 / 蘇洛恪.哈茂德著 ; 李魁賢譯. -- 一版. -- 臺北
  市 : 秀威資訊科技股份有限公司, 2021.07
    面;   公分. -- (語言文學類 ; PG2605) (名流詩叢 ; 42)
  BOD版
  譯自 : The world is burning
  ISBN 978-986-326-917-5(平裝)

864.451   110009132